Crepúsculo Civil

OBRAS DO AUTOR

AS ALIANÇAS
CALABAR
O CAMINHO SEM AVENTURA
MAR OCEANO
A MORTE DO BRASIL
A NOITE MISTERIOSA
O SOBRINHO DO GENERAL
USE A PASSAGEM SUBTERRÂNEA

LÊDO IVO

Crepúsculo Civil

poesia

EDITORA RECORD

CIP-Brasil. Catalogação-na-fonte
Sindicato Nacional dos Editores de Livros, RJ.

Ivo, Lêdo, 1924-
I93c Crepúsculo civil / Lêdo Ivo. — Rio de Janeiro: Record, 1990.

1. Poesia brasileira. I. Título.

CDD — 869.91
90-0353 CDU — 869.0(81)-1

Capa: Gonçalo Ivo

DISTRIBUIDORA RECORD DE SERVIÇOS DE IMPRENSA S.A.
Rua Argentina 171 — 20921 Rio de Janeiro, RJ — Tel.: 580-3668

Impresso no Brasil

PEDIDOS PELO REEMBOLSO POSTAL
Caixa Postal 23.052 — Rio de Janeiro, RJ — 20922

SUMÁRIO

Crepúsculo Civil

CLARIDADE

A minha claridade é noite escura,
sol negro desviado por um muro
branco de cal, clarão que apaga o sol,
luz que me ofusca, sendo treva e luz.

Às estrelas reclamo que iluminem
o papel branco do meu longo dia,
o grafito que suja o alvo muro
do sol que, sendo noite, me alumia.

Quanto mais luz procuro, mais obscuro
me torno em pleno dia, e mais me assombram
as sombras que se juntam no arrebol.

Recorro à noite se quero mostrar
as fraturas expostas do meu ser.
E se quero esconder-me, busco o sol.

SER E SABER

Vi o vento soprar
e a noite descer.
Ouvi o grilo saltar
na grama estremecida.

Pisei a água
mais bela que a terra.
Vi a flor abrir-se
como se abrem as conchas.

O dia e a noite se uniram
para ungir-me.
O enlace de luz e sombra
cingiu os meus sonhos.

Vi a formiga esconder-se
na ranhura da pedra.
Assim se escondem os homens
entre as palavras.

A beleza do mundo me sustenta.
É o formoso pão matinal
que a mão mais humilde deposita
na mesa que separa.

Jamais serei um estrangeiro.
Não temo nenhum exílio.
Cada palavra minha
é uma pátria secreta.

Sou tudo o que é partilha
o trovão a claridade
os lábios do mundo
todas as estrelas que passam.

Só conheço a origem:
a água negra que lambe a terra
e os goiamuns à espreita
entre as raízes do mangue.

Só sei o que não aprendi:
o vento que sopra
a chuva que cai
e o amor.

OS CARACÓIS

Só para Deus se abrem os caracóis
que encontramos imóveis sobre a grama.
Curvamo-nos diante deles e suplicamos:
Falai! Confiai-nos agora o grande segredo.
Explicai-nos o mistério desta caminhada
e deste silêncio que tanto nos incomoda!

Só os caracóis conhecem a causa primeira
e sabem a origem de tudo, desde a grande explosão
que criou o universo e ainda nos aturde.
Por mais que perguntemos eles nada nos dizem.
Passam o dia inteiro parados na grama
e nem sequer nos contemplam.

OS CÚMPLICES

Quando vou por estes campos
um gavião me acompanha,
estridente companhia,
sombra de sonho e de sanha.

Uma fronteira de sol
nos mantém distanciados:
ao gavião céu e nuvens,
a mim as pedras e as árvores.

Cada um no seu território,
e o mesmo intento calado
no coração predatório.

A quem ferir ou matar?
Por meus campos vão dois cúmplices,
ambos mal acompanhados.

O ESBARRO

De manhã de tarde
ao cair da noite
subindo a colina
esbarro em Deus.
Nada lhe pergunto.
Nenhuma resposta
na hora espacial
que passa em branca luz
e incômoda claridade.
Não vou para onde vou
nem venho de onde venho
quando subo a colina
e sem nenhum cansaço
atinjo a pura altura
de amor e galáxia.

O TRAPICHE

Queres que guarde para ti o orvalho.

Mas como posso guardar o que se dissolve
ao sol, como o vento, o amor e a morte?
Como guardar os sonhos que sonhamos
enquanto caminhamos acordados
no escuro e sem ninguém ao nosso lado?
E os sussurros de lábios encantados
no outro lado do muro? E a relva que se alastra
na pista do aeródromo? E a mancha aparecida
na casca da manga madura?
Como guardar a brisa sibilante
no convés do navio? E o vôo do pássaro?
E a barca abandonada que atravessa o rio
e pára sob a ponte?
Como e por que guardar um arreio enferrujado
e a cinza da coivara
e a chuva que chovia e o vento que ventava?

A nada guardaremos, nós que somos
o depósito de tudo, a arca e o trapiche.
O orvalho, que é eterno, se evapora
chegada a sua hora. E nossos sonhos
nos guardam fielmente nos seus túmulos.

SONETO DE AMOR

Doce fogo do amor, como me queimas
e me fazes arder por entre neves
como se eu fora a pálida fogueira
acesa pelo sol na noite breve.

Doce rival do fogo verdadeiro,
quanto mais rompo contra as tuas chamas,
elas se alastram mais na minha cama
e, guerreiro, por ti sou guerreado.

Mais me queima teu frio, mais intacto
respiro e te combato; e, fatigado
da luta em que me abrasas, mais descanso.

Oculto nos lençóis, fogo de estio,
escorres, ledo e manso como as águas
— a água serena do amoroso rio.

NA RUA DA CARIOCA

Transeunte ocioso
parei na mercearia
da rua da Carioca
e vi a realidade:
uma simples lingüiça
exposta numa vitrina.

Ó glória de ser si mesma
na inexatidão do mundo!
Somente ela era real
entre os passantes fantásticos
e os rumores estridentes
da rua da Carioca.

No balcão do imaginário
em que se tornou a vida
uma simples lingüiça
toda enchida de si mesma
impunha a sua verdade
e modéstia perecíveis.

Jamais uma lingüiça
pode mudar-se em metáfora
antes de ser engolida.
Evidência consumível,
ela era apenas o que era:
a honra do mundo visível.

O DEMÔNIO

Quem vai ao bosque se encontra com o Demônio
que mora numa clareira.
A manhã nascia quando atravessei o portão e
comecei a andar
no caminho sinuoso como uma serpente.
Embora não fosse outono, as folhas das árvores
caíam
sobre os meus ombros.
Eram negros os pássaros pousados nos arbustos
e que se recusavam a voar à minha passagem.

Caminhei o dia inteiro.
A vida inteira atravessei o portão e andei
entre as árvores.
Não encontrei a clareira. Não encontrei o Demônio
que continua à minha espera
no bosque inatingível.

PASSAGEIRO EM TRÂNSITO

Quando os reatores pararam, permaneci sentado.
As luzes do aeroporto iam e vinham
na ronda rumorosa das chegadas e partidas
regidas pelas capas alaranjadas dos sinaleiros.
O zumbido dos jatos se arrastava pelas pistas
como a queixa estrepitosa de um amante abandonado.
Entre as paredes de vidro embaçadas pelo nevoeiro
e os contêineres que estavam sendo descarregados
a noite do Ocidente começava a nascer.

UMA CANÇÃO

Ora claro, ora escuro,
moradia das nuvens viajantes,
berço negro dos límpidos cometas,
o céu rouba os meus dias.

Cada sol que se vai
sepulta no poente algo que fui,
uma pena de amor, um sonho, um gesto
que a escuridão recolhe.

Ó céu ladrão da vida,
do caprichoso prêmio conquistado,
na partilha de luzes e de trevas
que divide o universo

no fim da claridade
me despojas do fogo concedido,
retirando de mim o que me deste
e dando o que não quero!

A cada escuridão
me sinto saqueado até nos sonhos
quando os planetas sobre mim se inclinam
como se eu fosse estátua.

De mim mesmo roubado
pelo tempo que flui também me furto
e dos astros escondo o que imagino
de luzes rodeado.

Mata minha alma a sede
de tanta fonte sedenta entre a aurora
e o pôr-do-sol que arreda a claridade
dos muros do horizonte.

O dia cai: um pássaro
na relva triunfante. E a noite desce
e me transforma em vento e, sendo treva,
crava em mim sua flecha.

E todo o céu se acende
e avança para mim como um navio.
E eu sou o mar e o porto, e sou o mastro
rendido à ventania.

O ladrão que me rouba
entre os astros estende um estandarte.
Na corrente perene que me arrasta
o que passa não passa.

SONETO DE NINAR

Dorme, oceano.
Minha canção te embala
na treva lacerada
pelas constelações.

Dorme, doce terra impura.
Minha canção te cinge,
leve gesto de amor
na escuridão.

Dorme, vento
que suspende as árvores
no ar.

Durmam até as pedras
repousadas e felizes
em seu sono de pedra.

NA CADEIRA DO ENGRAXATE

Amanheci Deus.
E curvado aos meus pés
um pálido engraxate
entoa a sua prece.

Do alto do meu trono
contemplo ao meu redor
a poeira do universo
e os pecados dos homens.

Do couro avariado
uma flanela extrai
espelhos e lampejos.

Uma boa gorjeta!
Os meus sapatos brilham
e ofuscam as estrelas.

O PAGAMENTO

De nossa vida inteira
ninguém saberá nada
nem mesmo do momento
em que desci a escada
para ver se chegavas
como uma lua branca
em plena madrugada.

Foi num ninho de sílabas
que recolhi o espólio
de nossa travessia
como a luz de um farol
armazena os navios
que passam no horizonte
na quebra da alvorada.

Tudo em nós são mistérios
de sonhos e mormaços
colididos na sombra.
Meus lábios sigilosos
jamais mencionaram

uma camélia branca
que floresceu na tarde.

De silêncios guardados
se tece a nossa vida:
areia acumulada
e em duna transformada
pelo vento que sopra
na beira do oceano.

Ao te amar eu me oculto
dentro de tuas pálpebras
como a réstia de luz
sob a porta fechada.
Respiro a tua forma
como a água penetrada
entre as gretas da gruta.

Até o meu desejo
se faz esconderijo
dos dias miseráveis
do oceano ferido
da furna gotejante
da urna não guardada
do branco lençol sujo.

Somos seres contábeis
que dividem despesas
num balcão de segredos.
Quem perdeu? Quem ganhou?
E só não dividimos
a dor impartilhável
que está além do amor.

A NAVE DA LAPA

Pela manhã sou um.
Cai a tarde e sou outro.
De todos e nenhuns
me desfaço ao sol-posto.

Minha nave navega
entre os Arcos da Lapa
e de mim mesmo incógnito
sou rosto nu e máscara.

Inclino-me e recolho
uma espada caída
no campo de batalha.

Unidos para sempre
o defunto e a mortalha
vencerão qualquer guerra.

O ANIMAL ENXOTADO

Pertenço à sombra e ao sonho, ao lado escuro,
e nas ranhuras da pedra escondo o meu desejo
Nas folhas apodrecidas, na água esverdeada
já comprometida com a morte, nos miasmas
escondo o que sonhei. E o dia se levanta
acima destas pequenas coisas condenadas,
do lodo amarelo e do musgo deteriorado,
e cobre com a sua luz a água estagnada
e os seres rastejantes que habitam as cavernas,
e me obriga a sair do meu covil e a abandonar
a noite e a desolação que me nutrem e protegem
da razão ilusória sustentada pelo sol.

Saio e transformo a claridade em sombra.

ARRAIADA

Pelo rio sereno
vai-se a madrugada
Logo será dia
no campo estrelado.

De fontes escuras
escorrem meus sonhos.
Logo será dia
no alto das montanhas.

Pelo mar florido
passam os navios.
Logo será dia
entre os caranguejos.

Logo será dia
junto às águas claras:
dia rodeado
de árvores e pássaros.

Os galos já cantam
suas alvoradas.
Logo será dia
nas frias moradas.

A primeira luz
rompe a escuridão.
Logo será dia
no meu coração.

A DESAVENÇA

A mim mesmo faço guerra.
De mim estou desavindo.
Luto comigo na treva
e desse combate infindo
nem vencido ou vencedor
jamais surge à luz do dia.
Sou meu próprio contendor.
Quem a mim derrotaria?
Qual a razão da contenda
entre os dois lados de mim?
Na escuridão sigo a senda
que leva o meu não ao sim
e deste sim faz um não.
Ó desconcerto do mundo!
Encoberto coração!
Na terra que é mar profundo
nas águas que são de pedra
divergido me combato.
Minha guerra nasce e medra
na vida com que me mato

na morte em que sou matado.
No chão caio triunfante.
Ao vencer sou derrotado.
Me derrubo e me levanto.
E assim vivo e assim morro
concertado em colisão
e de mim não me socorro.
E se de mim não me fio
no incessante desvario
a mim mesmo dou razão.

SONETO DO AMOR CONDENADO

Quem ama desama
toda vez que ama
e converte o gelo
em túrgida chama

e converte o rogo
da garganta rouca
em cifra de fogo
inscrita na cama.

Quem ama não ama
toda vez que ama.
O amor sempre fica
na beira da cama:

flama que não queima,
peixe sem escamas.

O MENDIGO

Amanheço pobre
coberto de andrajos

de mendigo esplêndido
e anoiteço rico.

Levo para o sono
as perdas e ganhos

da mão estendida
às nuvens que passam

e o musgo da morte
que fermenta a vida

abrindo e fechando
as velhas feridas

e as moscas que zumbem
no estrume do estábulo

e depois rodeiam
tigelas quebradas

e as águas que caem
de tão grande altura

devolvendo ao mundo
sua formosura

e a gota de amor
que se refugia

na úmida xoxota
onde a noite é dia

e o fremir das folhas
que temem o outono

tarde vislumbrada
num ramo de acácia

branca paliçada
de mourões e espelhos

terra visitada
por um sol vermelho

sintaxe deitada
num leito de estrelas.

Amanheço à noite
de dia anoiteço

porta escancarada
para a luz que é sombra

eterno retorno
da minha alvorada.

A INUNDAÇÃO

O céu irado troa e deposita
em nossa mesa a sua tempestade.
Por que tamanha ira, que pecado
ousamos cometer sob o céu claro?

Os trovões e relâmpagos costuram
o tapete em que Deus vociferante
a si mesmo na sombra se ajoelha
e trama a sua prece e a sua chuva.

Os homens sobre a terra nada sabem
dos desígnios Daquele que derrama
a água que inunda e mata, arrasta a barca
e apaga para sempre a frágil chama.

Tudo é mudança: sol e vento e chuva.
E após as tempestades assassinas
vem a bonança, a cerca que separa
de todos nós um Deus emudecido.

A CLANDESTINA

— Quem é esta clandestina
que dentro de mim viaja

e de mim não se separa
mesmo quando estou dormindo

e aparece nos meus sonhos
breve e leve como a neve?

Quem é esta clandestina
doce e branca e feminina

que me segue quando saio
sombra em mim dissimulada

e torna a voltar comigo
colada ao cair da tarde?

Quem é esta clandestina
que de mim não desembarca?

Sou seu trem ou seu navio?
Seu barco ou seu avião?

E sua voz me responde:
— És meu berço e meu jazigo.

Antes mesmo de nasceres
eu já estava contigo.

E sempre estarei em tı
até o fim da viagem.

CEMITÉRIO DO CAJU

Os mortos são como os navios
Assim como os navios ignoram que estão ancorados nos
portos e suspensos pelas vagas
os mortos não sabem que estão além da vida, respirando
o vento do mar.

Entre o céu cinzento e as instalações portuárias
a morte é uma sílaba perdida.
Sobre a lápide avariada a lagartixa repousa
mudada em epitáfio.

CEDO E TARDE

Agora é tarde:
a chuva cai
sobre a cidade.

Agora é cedo:
os sonhos sonham
que são sonhados.

O vento sopra
e arranca as folhas
dos arvoredos.

É cedo e tarde
na tarde lânguida.
E a noite desce

porta de vidro
atravessada
pelos sonâmbulos.

CONTABILIDADE

Viver é perder a vida.
Mais estou vivo e mais perco.
Na minha vida perdida
quanto mais ganho mais devo.

Quanto mais estou vivendo
mais cresce o meu não-viver.
À sombra do que estou sendo
mais vou deixando de ser.

Cada vez sou menos mais
e sou mais menos na conta
de somar que me subtrai.

Morrer é perder a morte?
No recorte das montanhas
o crepúsculo desponta.

RESPIRAÇÃO

Não minto nem digo a verdade
Sou como o vento que sopra
e a chuva que cai.
Sou a luz que ao anoitecer
devolve a claridade.

Sou como as escadarias
que aparecem nos sonhos:
um clarão entre degraus,
uma sombra entre dois passos,
uma nuvem esbraseada.

Sou como a erva que cresce
e o frio que une os corpos.
Não falo nem silencio.
Desperto para sonhar.
Não respondo nem interrogo.

Apenas respiro
junto ao dia que nasce.

A LUA DE LONDRES

Finalmente encontro
a lua de Londres.
Redonda e formosa
lua cor de enxofre
que torna mais claras
as águas do Tâmisa.
Seus raios penetram
nos tetos de ardósia
das casas dos homens.
Nas camas desfeitas
o langor lunar
alveja os amantes.
O seu fulgor frio
enluva na treva
a mão do larápio
e entreabre os lábios
cerrados das lésbicas.
Lua esbanjadora
que transforma em ouro
os flocos de neve

que pendem dos áceres
e irisa de luz
o pêlo do esquilo
que dorme no parque.
Na noite homicida
de silêncio e névoa
a morte é amarela
igual a um narciso.
E a lua prossegue
a ronda serena
conferindo portas
e cegas janelas.
Vagarosamente
ela cruza as pontes
e espia as vielas
que guardam lembranças
de crimes hediondos.
Ó lua de Londres,
sentinela frígida
que vela as insônias,
procurei-te tanto
e agora te encontro
enquanto a meus pés
as águas do Tâmisa
correm docemente
até o oceano.

NA PRAÇA MAUÁ

Não siga o caminho certo
que você vai terminar
vagando pelo deserto.

Escolha o caminho errado:
o labirinto, a cabala,
a ladeira tortuosa.

Finda entrando pelo cano
quem caminha em linha reta
e respeita qualquer seta.

A sua hora é agora.
Aproveite o nevoeiro.
Siga em frente e vá embora.

O REFÉM

Deus é o meu refém.
Para libertá-lo
exijo o resgate
da imortalidade.

Deus não é ninguém.
Imóvel na praça
quando a tarde cai
Deus não vai nem vem.

As estrelas passam
e Deus é o silêncio
que habita as galáxias.

Sou o centro de tudo
e guardo um Deus mudo
no meu coração.

O AMANTE APLICADO

Por curiosidade
levantei tua saia
para ver-te inteira.
E em lugar da concha
fugida do mar
estava uma estrela:
uma estrela negra.
Tirei tua blusa
para ver teus seios
e um rio de sol
corria entre eles,
silêncio dourado
de nuvens e abelhas.
Soltei teus cabelos
e um dia mais claro
que o mais limpo espelho
se rendeu à noite
sulcada de estrelas.
Tirei teus sapatos
e pássaros gêmeos

para meu espanto
voaram no quarto.
Ficaste completa
ao sol de ti mesma
como árvore ou pedra.
Quando a claridade
se fez madrugada
entre as luzes altas
das paredes alvas
percorri as duas
colinas exatas
de tua morada.
E fui por teus rios
até o estuário
onde a terra negra
bebe a água de prata
e uma concha viva
abre e fecha as valvas
no lugar em que antes
havia uma estrela.

ESTAÇÃO CINELÂNDIA

Que mundo estapafúrdio!
O rato sai do esgoto
e anuncia o outono.

Entre folhas caídas
vamos todos vogando.
Cuspimos e sonhamos.

Estação Cinelândia.
Entramos e saímos
na boca do metrô.

E assim a vida passa.
Na praça democrática
somos ratos e homens.

O PÁSSARO NOVO

Pela primeira vez vejo este pássaro
preto e branco que só come formigas.
Ele não armará seu ninho no meu bosque.
Pertence à linhagem dos seres migratórios.
E quem procura viver em lugar estrangeiro
termina achando a morte.

A NOITE DE VENTANIA

A vida da noite:
de que a noite vive?
de um suspiro esparso
e um gesto esvaído.

Vive sempre a noite
de infelicidades:
corpos estreitados,
almas separadas.

Arrebatamento
do vento que passa
e despoja as árvores.

Branca escuridão
do ramo de acácia
pousado no chão.

O AMOR EXCLUSIVO

Não sei amar as almas.

Amei um corpo
e a nada mais amei.
Nem mesmo às estrelas.
E nem sequer ao vento.

Caminhei entre as luzes
de uma alameda branca.
A aurora me encontrou
num chão de palha.

O mundo era inocente
como um corpo desnudo.
Um silêncio de sol
guardava a claridade.

MARINHA

O dia é negro
como o teu púbis

Nesse negrume
acendo o lume

do meu desejo
e a noite raia

como um navio
na tua praia

ENSEADA DE BOTAFOGO

O dia zumbe como as abelhas
claro oceano de homens e de telhas.

E avança na rua com seu rumor:
o dia mais leve que uma flor.

Quanto céu e quanta nuvem incerta!
Quem deixou esta torneira aberta?

Como as bandas de música e o sol
ensangüentado pelo arrebol

tudo passará, até os barcos
que estão ancorados na enseada.

SAINDO DA ESCURIDÃO

Dai-me o silêncio das pedras
que caminham no horizonte
e a claridade das águas
que jorram das fontes.

Tudo o que desejo
à noite é sombra.
Uma estrela atenta
lava as manchas do meu sono.

Só os instantes perduram
no dia puro e perdido.
São ninhos que guardam sonhos.

Ilumino a escuridão.
Vejo as sílabas da noite
espalhadas pelo chão.

A FUMAÇA MATINAL

Além dos mangues e refinarias de petróleo
que circundam o fundo da baía
a fumaça de uma fogueira de pneus imprestáveis
sobe em espiral no firmamento.

O dia dos homens começa com um sacrifício.
Todas as manhãs eles incineram o cadastro da noite
e oferecem ao céu o vômito negro da terra.

OS BENS RECOBRADOS

Outro céu aparece
entre os galhos das árvores
quando amanhece e a terra
recobra os bens perdidos.

Uma toalha branca
esconde a mesa escura.
Uma vassoura varre
os sonhos e as casas.

O sol surge e caminha
na avenida de nuvens.
E tudo é claridade

até mesmo nas grutas.
E uma laranja cai
no breve chão maduro.

O RATO DA SACRISTIA

Um rato morava
numa sacristia.
Era um mau católico
e a tudo roía.
Só respeitava a
Santa Eucaristia.

Num lugar sagrado
certo se escondia.
Nem mesmo o arcebispo
vê-lo conseguia.
De dia dormia.
E à noite roía.

Como o próprio Deus
ele era invisível.
A ninguém no mundo
ele aparecia.
Padre e sacristão
sempre o maldiziam.

Nenhuma ratoeira
ou mesmo doutrina
lograva pegá-lo.
Fugia aos venenos
como se tivesse
proteção divina.

Mal caía a noite
saía da toca
e a tudo roía.
Nem sequer poupava
o pezinho santo
da Virgem Maria.

Fugia aos perigos
como o Diabo à Cruz.
Que fome era a sua!
Nem sequer poupava
o dedinho do
Menino Jesus.

Numa madrugada
quando ele roía
rico paramento
Deus lhe apareceu.
E à muda censura
ele respondeu:

"Nós, os roedores,
vosso santo nome
invocamos sempre.
Deus seja louvado

que criou a terra,
os ratos e os homens.

Fostes vós, Senhor!
E quem cria um rato
cria a sua fome,
seu dente de siso.
Para que vivamos
roer é preciso."

Em silêncio Deus
pesou o argumento
e para poupar
o seu paramento
e salvar a Igreja
não titubeou.

Quem vive tem fome?
Roer é preciso?
Deus não fez por menos.
Para que veneno?
Levou o ratinho
para o Paraíso.

OS DIAS DIVIDIDOS

Após o meio-dia, vem a noite
e, brandindo uma foice, vem a morte.
E uma constelação pousa na página
da via-láctea prometida à fábula.

Após a noite os corpos se levantam
e avançam rumo ao páramo da tarde
e os guia o sol que os cega no caminho
que bebe a sombra da alma perdulária.

E assim a vida passa: sucessão
de dias divididos, estandarte
que freme no alto mastro do navio.

As estrelas caídas ressuscitam
e a noite e a morte gêmeas se separam
e se mudam em sol, amor e vida.

HOSPITAL PINEL

Quem mata uma barata
mata uma metáfora.

O singular é plural
na manhã de sol.

A realidade é irreal:
lágrima vertida em funeral.

Todo ato simples
se multiplica

passo que ressoa
no fim do corredor

do hospital onde a barata
morta ressuscita

atrás da porta.

CARTA DA INGLATERRA

Abra sua porta
à imaginação.
Nenhum sonho fique
do lado de fora.

Caído o crepúsculo
sonhe e seja tudo,
rosa de mil pétalas
aberta na sombra.

Quem se multiplica
não sofre o vexame
de só ser um só.

Eis que o sol se esconde.
Múltiplo atravesso
as pontes de Londres.

A PALAVRA FINAL

Falo como as plantas.
Digo como as pedras.

Clamo como o réptil,
o miasma e o verme.

Quantas vozes tenho
quando estou calado?

Meu silêncio é a voz
vinda do outro lado

onde a escuridão
dispensa as palavras

a fala espantada
de quem sabe e cala.

A INTERPELAÇÃO

Perguntei a Deus
sua identidade.
E ele respondeu:
"Eu sou a Linguagem."

Nenhum deus é a imagem
de um rosto no espelho.
Para a muda estrela
todo deus é fala.

Quis saber a lavra
do seu grão mistério
e Deus retorquiu:

"Começo e termino
onde meu império
se muda em palavra."

INSÔNIA

Como a noite é bela!
Sustenta-a o perfume
da flor amarela.

Como a noite é fria!
Cancela empurrada
pela ventania.

Como a noite é pura!
No escuro da mata
a fonte murmura.

Como a noite é vasta!
À sua medida
uma estrela basta.

Como a noite é branca!
Uma mão de cal
sobre as tuas ancas.

Como a noite é leve!
Um peso de flor
ou de nuvem breve.

Como a noite é clara!
Fogo que resvala
de uma alta coivara.

Como a noite é muda!
Dois lábios fechados
na entrada da gruta.

Noite clara e bela:
uma lua nova
entre as tuas pernas.

MINHAS TERRAS

As árvores me rodeiam
quando estou sonhando.
Atravesso imóvel
veredas e pântanos
e subo as colinas
do meu grande sono.

Todo sonho é engano
que leva os meus passos
pela trilha erradia
onde a noite é o dia
forjado na folhagem
por um sol tardio.

E eu sonho e me engano.
Vou pelas minhas árvores
como quem dorme e sonha.
Meu olhar não alcança
o fim das minhas terras
— as terras do meu sono.

RESPOSTA NA PONTA DA LÍNGUA

"Deus dá nozes a quem não tem dentes",
suspira o peralvilho vendo o ancião
casado no papel com uma moça em flor.

Mas do alto da sua dentadura, o outro,
se o ouvisse, lhe diria, em igual língua
ou idioma: "Quem tem boca vai a Roma."

O LAGARTO

Rastejo ao sol
no chão do mundo
tornado luz.

Não tenho sombra
nem tenho sonhos.
Sou claridade.

Quando anoitece
mudo de pele
como as serpentes.

E sou o escuro
o bicho imóvel
na cavidade.

PALHA DOURADA

Somos o que a perfeição
nos deixa ser.
As abelhas zumbem
na tarde de verão
e o mundo é vão:
mão que escorrega
no corrimão;
raio de sol
no chão.

Somos tudo o que se esvai:
a sombra, o grito,
o amor, a fumaça.
O dia passa
como um gavião.
E a tua mão
pousa afinal,
palha dourada,
na minha mão.

UM DIA PERDIDO

Andei por estes campos e não descobri
o ninho do gavião.
— Há coisas que jamais saberemos.

Foi um dia perdido. Nada encontrei
na espessura do bosque.
— Todos os dias são perdidos.

Nas folhas pisadas havia sinais
de alguém que passara antes de mim.
— Teu coração suspeitoso.

Só voltei para casa quando o pôr-do-sol
começou a esconder as montanhas.
— A noite é o caminho.

Todavia guardei no escuro coração
um pouco de rumor e claridade.

ANTECIPAÇÃO

Canto o lixo do Rio:
as latas amassadas,
as garrafas vazias
e os restos de comida.

Engordam a manhã,
em negros sacos plásticos,
os vômitos, os sonhos
e os brinquedos quebrados.

O caminhão de lixo
parado à nossa porta
tem um ar funerário.

Rumo a que cemitério
vamos, antecipados,
nesse enterro diário?

O SAPO-MARTELO

Naquela noite enluarada
cantava o sapo-martelo
como quem rijo trabalha.

Seu martelar ia e vinha
por entre as sombras diáfanas:
malho batendo em bigorna.

Ele escandia o silêncio
com sua música monótona,
dura batida enfadonha.

Sua nota dissonante
vinha do sombrio pântano
como a voz da escuridão

que não queria render-se
ao melífluo sortilégio
da noite enluarada.

CONSELHO

Esconde a tua vida.
Guarda o teu segredo.
Tudo, neste mundo,
é engano cego e ledo.

De manhã é noite.
Mesmo à tarde é cedo
A vida é meandro
sem qualquer enredo.

A ninguém confesses
teu amor ou medo,
teu sonho acordado.

Sê um caracol
fechado em si mesmo
na manhã de sol.

AS ESTAÇÕES

Eis enfim o verão:
um pássaro pousado
na minha mão.

E o outono desfolha
em mim seu abandono
e o seu sono.

Eis a volta do inverno:
mais uma vez me ronda
o frio eterno.

E torna a primavera.
Devolve-me a quimera
de ser o que eu era

antes do verão,
do outono e do inverno
e do pássaro eterno

pousado em minha mão.

O FUTURO DOS CORPOS

Quando não tivermos
mais nenhum desejo
ficaremos juntos
onde estiver Deus

no desfiladeiro
que saqueia as almas
e devolve aos corpos
a nudez final.

Quando apenas formos
o sopro do vento
e a pureza da água

a nossa união
resplandecerá
no céu libertado.

A BRUXA

A voz que ouvi na bruma
não era voz nenhuma.
Apenas o silêncio
de teus lábios abertos
e pálidos de espuma.

Era, ao cair da noite,
a ameaça cumprida
de tua aparição,
sombra que não deixava
luz ou sombra no chão.

Emissária importuna
de um reino sem palavras
estragavas meu dia
com teu rosto de bruxa
e tua boca fria.

Sentinela calada
junto à guardamoria!

O sinistro oceano
costurava na treva
teu coração de pano.

Em que língua falavas
se nada me dizias?
Tua cara de cinza
e os teus olhos de conta
apenas me miravam.

Não sei se me chamavas
ou se me repelias.
No lugar em que estávamos
eu somente escutava
a maré que crescia.

Junto ao mar que fedia
cheio de peixes mortos
e podres mexilhões
vinha de teus pulmões
o ar que me entontecia.

E eu vivo estremecia
sabendo o que querias,
neblina rastejante
do amanhecer fingido
da noite que descia.

O RELÓGIO DA GLÓRIA

O relógio da Glória
está sempre atrasado.
E amante que se preza
chega na hora certa.

Os ponteiros apontam
para o encontro marcado.
Um seio nu te espera
num corpo de amianto.

Quem não amou de tarde
longe de todo alarde
não amará de noite.

É outono. Nos motéis
corredores escuros
sugam passos infiéis.

O SILÊNCIO INCOMPLETO

Que silêncio incompleto entre tantos rumores!
Agora, e só agora, eles tentam dizer-nos
que amaram e esqueceram, e sempre ficaram longe
da verdade final. O amor é uma dívida
irresgatável contraída na escuridão
e só a morte libera os pagadores relapsos.

Tudo terminará num oceano de sombras.
Os mortos também acabam, após tantas lágrimas
e missas cantadas e anúncios nos jornais.
Nascemos para nos evaporar, após ter sido
a água que cobre a rampa do estaleiro.
Nascemos para dizer o nosso nome ao vento.

Nossos corpos rastejaram até a entrada da gruta.
Mas onde estavam as almas naquele instante
de êxtase e servidão? Estavam escondidas
como os morcegos, dormiam plácidas como as
placentas.

Esperavam o momento de fugir de nossos corpos
desastrados
e asilar-se no céu entre os arcanjos.

Ilhas negras, sombras errantes do nosso horror!
O outro lado da vida é aqui mesmo.
O outro lado do rio é onde sempre estamos,
mirando a água arrastar o vômito das destilarias.
E só em sonho tornamos a ouvir o silvo do trem
que atravessava bufando a paisagem lacustre.

Agora que é tarde gostaríamos de ser como as lesmas
e rastejar lentamente na vereda escura.
Apesar dos nossos passos emperrados, somos seres
velozes.
O vento crava em nós suas facas de diamante.
Os sonhos nos desfolham como se fôssemos árvores.
Os navios partiram e nos deixaram na praia.

Só no momento de nascer é que renascemos.
Nossa ressurreição está no começo, no minuto inicial
do primeiro pranto em que descobrimos a luz.
Tivemos a vida inteira para justificar a nossa vinda.
Desperdiçamos a oportunidade. E agora a noite cai,
a noite vem do céu e usurpa a nossa treva.

O LONGO CORREDOR

Só o presente passa.
O passado não passa,
o caminhão de lixo
parado na calçada.

O instante da partida
é o mesmo da chegada.
Tanta espinha de peixe
que vai de cambulhada!

E este peso de sempre,
das malas carregadas
e tão longe de mim.

E o grito sufocado
quando vemos tão altas
as grades do jardim.

COISAS PERDIDAS

A noite
não a encontro em lugar nenhum
nem mesmo entre as estrelas

Dia reduzido
à pequena mancha
que separa os teus seios

Ao luzir da aurora
a aura a hora
os sonhos de sílex

Tudo são coisas perdidas:
sussurros cartões magnéticos
velhas portas avariadas

O dia se deita na relva
serpente branca
igual à noite estrelada

O FOGO

O dia é crepitante e o fogo
se alastra na grama.
Eis o outono, prestes a esconder a minha vida
como as folhas escondem o úmido chão maternal.
No trêmulo entardecer, ainda espreito a claridade.
Ouvi o cavalo manco relinchar no nevoeiro
e o rumor dos caminhões carregados de hortaliças
passando pela rodovia.
E agora o fogo se acerca de mim e é um róseo oceano.
Tudo ficou em promessa
na longa oferta de calor entre as raízes
que apodrecem a caminho da ressurreição.
Demorei a aprender a amar a tarde
as ilhas de fumaça nas colinas
o vento e o fogo
e as sombras
que enlaçam os gravetos na fogueira armada
para celebrar o cair da noite.
Preferi o relâmpago
que ilumina os bosques.

Vagueei o dia inteiro na floresta e esqueci
de recolher
a lenha que deveria ser acumulada
para compor a chama final, no instante
em que caminharei por entre as árvores
e abrirei o portão fechado a cadeado
e me dissiparei junto à fogueira
no regresso radioso.

A ASCENSÃO

Uma outra vida
além da vida
como uma roupa
sob medida?

A vida eterna
no céu se talha
tornando inútil
nossa mortalha?

Livres de nós
ao céu subimos
e ao breve alento

de nossas almas
a aurora raia
no firmamento.

OS PASSOS NA NEVE

Procuro um lugar
para me esconder
e encontro a claridade.

O dia passa
ao alcance da minha mão
como um pássaro.

Sob a tutela de um diamante
o feno está empilhado no celeiro.
A luz habita a perfeição do gelo.

Vejo para sempre
o corvo que grasna entre os pinheiros
e as brancas montanhas de Deus.

Junto ao riacho congelado
um cavalo imóvel espera
a noite esplêndida.

Procuro um lugar.
E caminho na neve
como um estrangeiro.

A PASSAGEM

Era a tempestade.
Fragor de trovões,
raios e relâmpagos.

Era a formosura
da raiva celeste
que desce da altura.

Assim pude vê-la:
uma alvura breve
no despenhadeiro.

Nada permanece.
Hálito e aragem,
tudo vem e passa.

Como a vida e a morte
que vão desunidas
na brisa que sopra.

AMBIÇÃO DESCABIDA

Que a morte não me insulte
neste dia de sol

e não venha pescar-me
com o seu sinistro anzol

nem se atreva comigo
mesmo se estou dormindo.

O cheiro de jasmim
embalsama o jardim.

Como a água das cisternas
minha vida é eterna.

Entre a terra e o céu
quero ser imortal

até num mausoléu.

LARGO DA CARIOCA

Sobe a ladeira do convento
antes que a noite caia.
Pede um marido a Santo Antônio
que a tarde já vai bem alta.

Pede um amor a Santo Antônio
antes da noite fechada.
Suplica-lhe que ele te dê
uma aliança de casada.

Diante do santo, de joelhos,
antes que a noite desça,
fala da tua precisão,
antes que o sol desapareça.

Não tenhas medo nem pejo
nem fiques ruborizada.
Ele conhece os desejos
que queimam teu corpo e alma

O santo das precisadas
sendo um homem não ignora
que a falta do acerbo espinho
dói na rosa abandonada.

Confessa-lhe toda a verdade.
Para dormir sossegada
precisas daquilo que pedes
de rojo, lavada em lágrimas.

Precisas de algo que te aqueça.
À noite morres de frio.
Implora ao santo, com fervor,
que te conceda um cobertor.

Antes que o sol desapareça
e a noite te deixe na mão
pede depressa a Santo Antônio
a graça de um maridão.

A CONDENAÇÃO

Desde a eternidade
estás condenado
a ser o que és.
As estrelas regem
tua vida inteira.
Jamais fugirás
ao que foi traçado
para teu caminho.
Cumpre teu destino
andando sozinho
de noite e de dia
e louva o carrasco
oculto nas trevas
que segue teus passos.

A MÃO ESTENDIDA

À tua formosura estendo a minha mão.
Quero que me conduzas pelo nevoeiro
e me deixes de novo no portão do império
que perdi ao atravessar a escuridão.

Agora que é inverno, agora que é verão,
e os bosques sucessivos que transponho
espalham sombras ao meu redor quando sonho
estendo para ti no escuro a minha mão.

Tempo é devastação. Quando amanhece
e os cães da noite voltam ao seu canil
o dia traz o sol da solidão.

Quero atingir contigo a claridade,
unido a ti que estavas no começo,
no lugar da raiz, numa constelação.

A CARANGUEJEIRA

A caranguejeira estava escondida
no monte de lenha guardada no galpão.
Era a promessa da morte sem misericórdia
quando eu ia festejar um nascimento.
Imóvel e intocável rainha da escuridão
ela desconhecia o amor e a ressurreição.

Pode-se falar a um homem, a uma cadela, a um cavalo,
mas não se pode falar a uma caranguejeira.
Imune às gentilezas, ela habita o reino funesto
onde não se trocam presentes nem passam as estrelas.
Não a incomodei e naquela noite de Natal
preferi sentir frio junto à lareira apagada.

O ALCOÓLATRA

"Bebo porque Deus não existe",
dizia o alcoólatra, mirando
o mundo com seus olhos tristes.

SONETO DE INVERNO

Sentado num banco do Hyde Park
leio no *Times* a morte da condessa
enquanto ao meu redor as folhas caem
e os olhos de um esquilo me espreitam.

Esta vida já é feita de surpresas!
Uma condessa morre em seu palácio em Londres
e eu vejo ao longe, junto ao lago, sombras
que não sei se são cisnes ou se são gansos.

Neve que se derrete ao sol esquivo,
o mundo se repete e se renova
como os romances de Edgar Wallace.

O vento da Inglaterra passa e volta
na viagem circular, e o esquilo vivo
compensa a ausência da condessa morta.

CANDELÁRIA

Missa de sétimo dia
na Igreja da Candelária.
Após tanta reverência
e tantos salamaleques
lá se foi Sua Excelência
desta para melhor.
Como a vida é funerária!
Entre os cânticos e o incenso
e cochichos ao pé do ouvido
sobre a taxa da inflação
e os danos causados à so-
ciedade pela Teo-
logia da Libertação
— há alguma coisa no ar
além das condolências —
os ministros sinistros
e as autoridades monetárias
reunidas na Candelária
ouvem o Réquiem de Mozart
com fingida compunção.

O CARANGUEJO

Como um caranguejo
caminha nos mangues
assim atravesso
o dia dos homens.

Avanço na lama
da noite e dos sonhos,
carregando a pátria
negra dos meus pântanos.

Estou onde estão
a larva e a borbulha,
o bulbo e o miasma.

Na água putrefata
onde Deus se oculta
eu também me escondo.

O GUERREIRO FATIGADO

Estou cansado de morrer
quando anoitece e ser levado
pelos sonhos que me rodeiam
como um halo da madrugada.

O galo canta. A estrela cai
no longo céu avariado.
Estou cansado de voltar
a nascer quando a aurora nasce.

Soldado que escuta o clarim
regresso ao quartel estridente
onde se reúnem os homens.

E passo o dia guerreando
a nuvem que me muda em sombra
e o sol fora do meu alcance.

OCEANO SECRETO

Quando te amo
obedeço às estrelas.
Um número preside
nosso encontro na treva.

Vamos e voltamos
como os dias e as noites
as estações e as marés
a água e a terra.

Amor, respiração
do nosso oceano secreto.

NA MARINA DA GLÓRIA

As baratas passeiam entre as pedras
que circundam a Marina da Glória.
A maré embala os barcos e os iates
dos turistas escarnecidos pelas gaivotas
que zombam até das pequenas viagens.
O mar indigesto vomita latas e mariscos
e dilacera as delicadas camisas-de-vênus
abandonadas na areia pelos pobres amantes.

REFÚGIO

O dia
frágil como o oceano
e belo como uma flor

O dia com as suas formigas
e a sua oblíqua
raiz de impudor

O dia túmido
e amarelo
como um abscesso

Nele me escondo
como todos os homens
refugiado em sua concha

A luz me apaga
Perdi até a minha sombra
ao caminhar na claridade

O sol me cobre
lençol detestável
na cama de amor

ATRAVESSANDO UM PARQUE

Naquele anoitecer me assaltou a ambição
de saber com certeza o que era a morte.
Por acaso encontrei um pássaro na neve
e suas penas frígidas me responderam.
A morte é apenas isto, esse frio final
enquanto a chuva cai entre os pinheiros
e a noite se aproxima, rodeada de sonhos.

O MENTIROSO NA PONTE

Minto quando, atravessando a ponte,
proclamo que sou vários.
Tudo o que me divide me completa.
O navio partido
retorna à minha foz
após o nevoeiro.
No espelho estilhaçado vivo inteiro.
E atrás de minha sombra deformada
que ao sol se multiplica
passo a passo eu caminho
sozinho e verdadeiro.

RECOMEÇO

Como o cavalo que relincha impaciente
e bate os cascos diante da estalagem
e com o rabo fustiga as moscas que o importunam
assim a morte está sempre à nossa espera.
Após a primeira morte outras vidas virão
e continuamos a morrer, habitando o espaço
onde se movem os pássaros e as abelhas
e o peixe imprudente que salta entre as pedras.
Tudo em nós é recomeço, origem devolvida.
Além da noite escura encontramos o dia,
reinício da vida leve como palha
que estremece perene entre as estrelas.

O TRABALHADOR

Sofrido e mal pago
assim vou e venho
entre lusco e fusco.

Pelo meu trabalho
só recebo vento,
salário de sal.

Minha mão estendo
para a luz do dia
que me fere os olhos.

E nada recolho
que tudo é ilusão
de espuma entre abrolhos.

Na trilha do dia
vou de parceria
com a escuridão.

O DIFÍCIL QUE É FÁCIL

A realidade é ambígua.
Só o sonho é concreto
como um trem a passar
nos trilhos do deserto.

A música não embala
e nem sequer distrai.
Isso ocorre com a pedra
guardada numa mala.

Uma forja repete
a mesma flor de ferro
sob o aplauso da corja.

Lição parnasiana
do difícil que é fácil
pela mão automática.

OS PÉS IMPACIENTES

Como os pássaros à noite dispensamos o céu
que não oferece ninhos na escuridão.
A terra doce e maligna é o nosso paraíso.
Os lençóis que nos cobrem são cárceres floridos.
Apagamos os caminhos. Ocultamos as colinas.
Nossos pés impacientes afugentam as estrelas
que insistem em cair sobre nós.

ACOMPANHAMENTO

Sem sombra de erro
isto é um enterro.

Salvo ledo engano
fulano é sicrano.

Tudo o que é mistério
finda em cemitério.

Deus conduz direito
por caminho torto.

Vamos contrafeitos
para o mesmo encontro

sem saber ao certo
o nome do morto.

Fulano ou sicrano?
Ou talvez beltrano

salvo ledo engano.

A CHAVE PERDIDA

A noite cai
e oculta a chave
enferrujada
que está no chão

Chave perdida
igual à vida.
Porta fechada
na escuridão.

Como te achar
e abrir a casa
que a treva esconde?

A noite entrega
uma outra chave
na minha mão.

PRAÇA TIRADENTES

Quem está na proa
é a mesma pessoa
que viaja na ré.
Uma espera o norte
que a espuma esconde
e a outra espreita o sul,
selva azul de sal
no fim do horizonte.
Imóveis na mesma
madrugada fria
uma anseia a noite
e a outra busca o dia.
As duas, sendo uma,
têm rumos contrários
na água esbranquiçada,
e o barco navega
por ambos os lados.
E o barco transporta
na proa e na ré
dois corpos cosidos

com o mesmo fio
do cio das fêmeas.

Praça Tiradentes:
nenhum mar à vista
para o barco negro
que vai à deriva.

INVERSÃO

O que ora rasteja
ao céu subirá
para a companhia
das nuvens e estrelas.

Os répteis que cumprem
o ofício da terra
sairão enfim
rumo à claridade.

Que luz resplandece
nas tocas escuras,
nas fundas cavernas?

O que está embaixo
ficará em cima
na noite de amor.

NO CAIS PHAROUX

O tempo dói
em nossas vidas.
É uma ferida.

Nenhuma brisa
vinda do mar
a cicatriza.

E nenhum bálsamo
serve de alívio
para esse mal.

O tempo rói
a nossa horrível
eternidade.

É o rato-d'água
que sobe a prancha
do nosso cais.

E a noite desce:
dia caído
numa armadilha

tempo evadido
para uma ilha
longe de nós.

E os dias passam
como baratas
na escuridão.

O TREMOR DA FOLHAGEM

Isto sempre me espantou:
que possamos recordar.
Nascemos para esquecer
e ver a lágrima evaporar-se
no rosto bem-amado.

Ouvi o mar na escuridão
e o tremor da folhagem.
De nada quero lembrar-me:
nem da noite que cai
nem do dia que nasce.

Vi o vento importunar
a janela avariada.
Escutei a noite voltar
com as suas luzes trêmulas
e a proa dos seus navios.

Vi o miasma mover-se
na água caluniada.

No dia de sol
o cata-vento rangia
como um estandarte.

Vi o que ninguém vê:
a inocência entorpecida
dos seres rastejantes.
E tornei a lembrar.
E tornei a esquecer.

SONETO ESCRITO EM NOVEMBRO

É a última recompensa:
estou sozinho no mundo.
Vejo, na noite completa,
a estrela da indiferença.

Já não preciso escutar
as vozes que me rodeiam.
Comecei a ouvir o silêncio
que desce do céu mudo.

Nada aconteceu de real
quando eu vivia no dia claro.
Tudo era imaginário.

Recebo o fulgor de uma estrela.
Só agora a realidade
aquiesce em visitar-me.

MANHÃ DE NEVOEIRO

Que grande nevoeiro esta manhã!

O Cristo do Corcovado não dirá:
Deixai vir a mim os pequeninos.
Isto sim é que é saber roubar
os turistas argentinos.

O Pão de Açúcar, oculto na enseada,
a todos furta a granítica mirada.
Seu bondezinho nem sobe nem desce.
Cada paisagem tem a névoa que merece.

Dentro de mim também há nevoeiro
e eu ando tateante, às palpadelas,
à procura de mim, e não me enxergo
na hora cor de chumbo, nem percebo

que vagueio na bruma que há lá fora.

OFERENDA

Já te dei meu amor.
Hoje te dou palavras,
um rebanho dormido
na planura estrelada.

Qual é a diferença
entre coito e palavra?
Ambos são ouro e pó
vindos da mesma lavra.

Ao redor de teu corpo
até o meu silêncio
assume um ar de dádiva.

Na jazida escavada
uma carmínea brecha
destila em mim seu travo.

A COBRANÇA

Andei pela floresta em busca da clareira
e protegi da morte as aves de rapina.
Não permiti que a chuva apagasse a fogueira
que ardeu a noite inteira no alto da colina.

Agora ouço no escuro o barulho molesto
do cobrador que vem apresentar-me a conta.
A mão que pousa em mim traz o frio funesto
da nefasta estação que é a derradeira afronta.

Nada tenho a pagar nesta hora de cobrança.
A vaga que arrebenta anunciando o mar
mesmo no amanhecer não a enxerguei jamais.

Onde estão meus tesouros? Na última aduana
entro de mãos vazias: nada a declarar.
E este frio final não me incomoda mais.

UMA CHUVA DE ALEGRIA

Uma chuva de alegria
caiu sobre a minha vida
e vestiu de vento e água
os cajueiros floridos.
Vinha do céu e da terra
separados mas unidos
a voz que me segredava
que eu já havia vivido.
E sua bátega fria
como um tambor ressoava.
Eu estava além da morte
onde a própria morte é vida
a sinuosa serpente
que imóvel ao sol cintila.
Eu estava além de tudo
que no mundo fala e brilha.
Como a voz muda de um mudo
meu silêncio levantava
um muro de maravilha.
E esse estar morto e estar vivo

e estar desperto e sonhando
que era toda a minha vida
me conduzia na chuva
como um anjo feito de água.
Minha alegria era tanta
que se transmudava em lágrima.
Eu ia, vinha e ficava,
e a chuva me agasalhava
igual a uma mortalha
que resvalasse dos galhos
dos cajueiros floridos.
Aos diamantes quebrados
de um ramo de gotas d'água
que sobre mim se inclinava
eu perguntava aturdido:
onde está a claridade?
E seu silêncio dizia
que a claridade era a chuva
que sobre mim escorria.
Ao maceió putrefato
eu também interrogava:
onde está a escuridão?
E a escuridão era a chuva
seu relâmpago e trovão
sua pétala caída
no chão que me sustentava.
E os goiamuns partilhavam
de minha estupefação.
Do céu desejei saber
que grande chuva era aquela.
Se era chuva de inverno
ou a chuva de verão.
E o céu em chuva mudado

não dizia sim nem não.
O céu que nunca responde
à minha interrogação
permanecia fechado.
Jamais abriu para mim
os seus longos lábios de água.
E uma chuva de alegria
caía na minha vida
fosse noite fosse dia
fosse qualquer estação.

AS DUAS IRMÃS

Paciência e impaciência
são as duas irmãs gêmeas
que passeiam de mãos dadas
na praça do meu poema.

A PROXIMIDADE

Dentro de casa ou no jardim
estou sempre perto de mim.
Jamais de mim me distancio
seja no calor ou no frio
nas montanhas ou junto ao mar.
Eu não permito que o rio
leve o meu barco na corrente.
O meu barco leva o rio
como o vento leva a semente.

O GUARDIÃO

Quando eu sou eu, sou os outros:
mistério da acumulação,
soma de letras e estrelas,
portão aberto noite e dia
aos demônios que me visitam,
passos bebidos pelo chão.
Dos sonhos que não sonhei
sou o zeloso guardião.
E o vento sopra e se apodera
da minha canção.

PASSEIO NO JARDIM

Quem aspira o perfume
deste longo jardim
de palavras cortadas
como se fossem caules
vê no chão espalhadas
as pétalas da rosa:
estilhaços de mim.

Nunca me completei
e sonho o que seria
se a mim me reunisse
a mim mesmo somado
como um ramo de flores
ou a gota de orvalho
na manhã condenada.

Sempre me procurei
dentro de mim perdido
em meus próprios domínios.

E no nunca me achar
é que me encontro e sou.
Só parto ao regressar.
Só venho quando vou.

O DARDO

Entre fogueiras caminhei
mal a aurora havia rompido
e soletrei junto ao teu corpo
todos os idiomas da treva.

No travesseiro amarfanhado
ficou um fio de cabelo,
o último selo da noite
despojada de suas estrelas.

No vidro sujo da janela
vão passando as nuvens do mundo.
Pouso a mão no trinco da porta.

E o dia voa como um dardo.
E todo amor é o instante oblíquo
em que o orvalho se evapora.

NOTURNO

Bendito é o crepúsculo!
Permite que andem
no Passeio Público
anões e corcundas,
os seres bizarros
que o início da noite
vomita no mundo.

Quando a noite cai
não se sentirá
um estranho no ninho
quem fala sozinho
e abre sua boca
para o sonho rouco
dos mansos e loucos.

Que sejam benditos
todos os que passam
pela Cinelândia:
escroques e putas,

bêbados, lunáticos,
e os que, de repente,
somem entre as árvores.

Os pivetes seguem
as sombras que passam.
São feras saídas
famintas das jaulas.
Noite compassiva,
sudário que cobre
veados e lésbicas.

Noite transversal
da porta de acrílico
dos hotéis imundos
e das espeluncas.
O desejo crava
nas carnes suadas
as garras aduncas.

Que sejas bendita,
noite das cadelas
que não se saciam,
covil do assassino,
pátria do mendigo
que busca o banquete
das latas de lixo.

Noite das insônias,
dos sonhos nefastos
e dos pederastas
que rondam as estátuas
desnudas das praças,

branca e enluarada
noite das desgraças.
Ó noite balsâmica
que embriaga os dementes
e irrita os fanchonos,
foz das solidões,
feira do abandono,
noite dos fedores
e alucinações.

Pelos teus atalhos
por tralhas e malhas
andam os que sabem
que a vida é um fogo
só de maravalhas,
carta que termina
fora do baralho.

Noite putrefata
das valas e esgotos
e coitos perversos,
das pias que pingam
nas escuridões,
noite dos ladrões
e das maresias.

Noite dos suicidas
e dos derrotados,
noite de quem perde
no jogo da vida.
Que a escuridão
para sempre esconda
todos os vencidos.

Tenha Deus piedade
dos velhos sozinhos
que sonham sentados
nos bancos das praças.
Seus sonhos são moscas
que pousam alegres
na merda da vida.

Noite de amoníaco,
dos brancos ladrilhos
dos mictórios públicos.
Numa lanchonete
uma velha puta
cercada de espelhos
mastiga uma pizza.

Noite dos drogados,
da viagem negra
por entre relâmpagos
e mares de mármore
até a aduana
onde a morte mira
com o olhar dos clones.

Misericordioso
escuro que apaga
as manchas do mundo.
Na igreja fechada
Deus está sozinho
como um vagabundo
num banco de praça.

Impresso no Brasil pelo
Sistema Cameron da Divisão Gráfica da
DISTRIBUIDORA RECORD DE SERVIÇOS DE IMPRENSA S.A.
Rua Argentina 171 — 20921 Rio de Janeiro, RJ — Tel.: 580-3668